Bécassine
aide sa maman

Caumery / Pinchon

GAUTIER-LANGUEREAU

Directeur d'ouvrage : Viviane Cohen
Collaboration graphique : Laure Moulin-Roussel

Nous remercions pour leur collaboration :
l'Atelier Philippe Harchy pour la mise en images,
Colette David pour la maquette,
Jean-Pierre Bernier pour les textes,
Isabelle Bochot pour la calligraphie.

ISBN 2.01.390492.4 Dépôt légal n° 0267 - Décembre 1995
Loi n° 49-956 du 16 Juillet 1949 sur les publications destinées à la jeunesse.
Imprimé à Singapour.

Bécassine veut aider
sa maman. Quelle poussière
elle fait avec son grand balai !

«Maintenant, se dit-elle, je vais ranger ces belles tomates rouges... Mais où?»

« Voilà, j'ai trouvé : dans
l'armoire, à côté des nappes
rouges. C'est joli comme ça ! »

« Oh ! Mais il faut que je mette
aussi le fromage blanc
à côté des draps blancs ! »

« Ce n'est pas grave,
faisons donc la lessive. »

« Maman, j'aime bien faire
la lessive avec toi.
Et vive les bulles de savon ! »

Il est temps d'aller donner
aux oiseaux un bon bol de lait
avec de la mie de pain...

Mais qui renverse le bol
et boit tout le lait ?
C'est ce bandit de chat !

Bécassine va chercher le fouet.
Est-ce pour battre le chat ?
Mais non, elle préfère...

battre la crème pour faire
de la crème fouettée !
C'est un si bon dessert…

Et voilà qu'elle a tout sali !
Maman n'est pas contente !
Toute triste, Bécassine se dit :

« Maman ne voudra plus que je l'aide. » Et pourtant sa mère la rappelle :

«Ma Bécassine, viens m'aider...
à manger cette bonne galette !»